THÉÂTRE DES DÉLASSEMENTS-COMIQUES.

ADRIENNE DE CAROTTEVILLE

ou

LA REINE DE LA FANTAISIE

PARODIE EN UN ACTE

Des 17e, 33e, 78e, 93e, 96e, 112e, 129e et 168e feuilletons du Juif-Errant

PAR MM. ÉDOUARD BRISEBARRE, CHARLES POTIER ET EUGÈNE NYON

Représentée pour la première fois, à Paris, sur le théâtre des DÉLASSEMENTS-COMIQUES, le 2 Juillet 1849.

Prix : 50 centimes.

PARIS

BECK, LIBRAIRE

RUE GIT-LE-CŒUR, 12

TRESSE, successeur de J.-N. BARBA, Palais-National.

1849

ADRIENNE DE CAROTTEVILLE

ou

LA REINE DE LA FANTAISIE

PARODIE EN UN ACTE

Des 17ᵉ, 33ᵉ, 78ᵉ, 93ᵉ, 96ᵉ, 112ᵉ, 129ᵉ et 168ᵉ feuilletons
du Juif Errant,

PAR MM. ÉDOUARD BRISEBARRE, CHARLES POTIER ET EUGÈNE NYON

Représentée pour la première fois, à Paris, sur le théâtre des DÉLASSEMENTS-COMIQUES,
le 2 Juillet 1849.

PERSONNAGES.	ACTEURS.
LE RÉGISSEUR.........................	MM. THÉOPHILE.
BLAGMA..............................	LAINÉ.
RONDIN..............................	BOURGUIGNON.
BEAUBRUN............................	FRÉVILLE.
ADRIENNE DE CAROTTEVILLE............	Mᵐᵉˢ ALPHONSINE FLEURY.
BOTTINE, suivante d'Adrienne........	VIRGINIE MERCIER.
CRÉPÉE, idem........................	LEPROVOST.

Le théâtre représente une chambre meublée de meubles de toutes les époques; à droite, au premier plan, une toilette; au fond, dans l'angle droit, un paravent chinois; à gauche, au premier plan, un sofa, du même côté, deuxième plan, une fenêtre. Porte au fond; portes latérales; étagères avec porcelaines, au mur la complainte du Juif Errant avec dessin enluminé, un atelier contenant des pipes culottes, des plâtres.

(Au lever le rideau, le régisseur s'avance et, après les trois saluts d'usage, chante au public le couplet suivant:)

LE RÉGISSEUR, au public.

Air de la Fiole de Cagliostro.

Jadis avant une pièce nouvelle,
Comme préface on chantait des flons flons
A cet usage, aujourd'hui, j'en appelle
En transformant les chants en feuilletons,
C'est le roman d'un grand talent, d'un maître:
Il faut deux ans pour arriver au bout.
A chaque instant le lecteur s'enchevêtre,
Premier chapitre, on ne voit rien du tout.
Le Juif Errant, ce grand traîneur de guêtres,
Marche à grands pas dans un pays de loups,
Enjambant tout, les rocs, les pins, les hêtres,
Imitons-le, marchons à travers choux.
Ne parlons pas d'un troupier qui s'éveille
Pour savonner les effets des enfants,
Qu'un sieur Simon, maréchal de la vieille
En Sibérie oublia dix-sept ans.
Laissons aussi cette princesse prude,
Et d'Aigrigny, ce dragon défroqué,
Couche-tout-nu dont je hais l'habitude;
Nini Moulin ce pochard peu musqué,

Puis l'air, dans l'eau, sur terre ou sur l'asphalte
Laissons marcher ces originaux-là,
Nous préférons ici faire une halte
Sur Adrienne et le prince Djalma,
A bien dormir le prince indien s'applique,
Dans l'ajoupa nous le voyons priant,
Quand son valet traîtreusement le pique,
Et sur son bras vient griffonner un mot:
Puis à Paris, au théâtre, en baignoire
Le prince est là près de Rose Pompon.
Quand sur la scène une panthère noire
Va dévorer son dompteur pour de bon.
Sur la panthère, une dame effrayée
Lance un bouquet pour troubler son régal,
Djalma d'un saut reprend la girofflée.
En en donnant plusieurs à l'animal,
La dame, c'est la charmante Adrienne,
Qui, tout à coup, sent son cœur s'émouvoir
Le sieur Djalma se comporte à l'indienne
Brûlant d'amour pénètre en son boudoir,
Tremblante alors la blonde Cardoville,
Qui, d'un portrait, se fait un palladium;
Met à l'abri de la peinture à l'huile,
Son jeune amour sous ce vieux muséum:
D'accord entr'eux tout irait à leur guise
Sans mons Rodin, membre de l'éteignoir,

Qui, de Judas, possède la franchise,
Et qui toujours croque un gros radis noir
Les deux amants d'un poison de l'Asie,
Boivent poussés par cet infâme gueux,
Et le poison qui devient ambroisie,
Les enivrant, les fait monter aux cieux.
Du feuilleton tel est l'affreux grimoire,
Mais c'est par nous un récit contesté,
Car tous les deux sommes de cette histoire,
Lui le roman, et nous la vérité,
Oui, sur Djalma, Rodin et Cardoville,
Le romancier a fait plus d'un cancan,
La vérité, ce soir, en vaudeville,
Va se montrer en costume décent.
Pour expliquer le moindre personnage
Nous avons fait ce couplet jusqu'au bout;
Mais vous auriez compris bien davantage,
Si nous n'avions rien expliqué du tout,
Suivant toujours les usages antiques,
Ici, Messieurs, nous vous disons ce soir:
Ainsi qu'on fait aux lanternes magiques,
Vous allez voir... ce que vous allez voir !

(Le régisseur se retire et la toile baisse.)

ﾠﾠﾠ

SCENE PREMIERE.

BOTTINE, CRÉPÉE.

(Elles sont vêtues toutes les deux en saltimbanques; Crépée a une énorme bosse. Au lever du rideau, Crépée et Bottine regardent par le trou de la serrure d'une des portes latérales.)

ENSEMBLE.

Air du *Philtre.*

Chut, chut, parlons tout bas,
De la prudence,
Regardons en silence,
Chut, chut, parlons tout bas,
Mouchardons-la, nous le devons, hélas !

BOTTINE, *quittant la serrure.* Ah ! cet espionnage me donne des remords... et le torticolis... Crépée, que fait-elle maintenant ?

CRÉPÉE. Elle met ses jarretières.

BOTTINE. Pauvre chère maîtresse !... tout le monde lui est attaché... elle est si bonne... et elle nous habille si bien !...

CRÉPÉE, *se regardant.* Avec tant de goût !... et puis elle aime tant les bossus !

BOTTINE. Et elle nous a donné de si jolis noms ! A moi, qui m'appelais Rosine, celui plus suave de Bottine... et à toi, qui répondais à Aimée, celui plus rare de Crépée.

CRÉPÉE. Et nous avons le cœur d'espionner mademoiselle Adrienne de Carotteville !

BOTTINE, *avec terreur.* Ne faut-il pas que nous obéissions à Rondin... le portier de la maison ? car il a mon secret, cet homme peu soigné...

CRÉPÉE, *de même.* Et le mien aussi, Hélas ! mon Dieu, quels peuvent être ses projets sur Mademoiselle ?

BOTTINE. Je les connais.

CRÉPÉE. Toi ?

BOTTINE. Oui. L'autre soir, dans sa loge, la main sur son cordon, il était assoupi... et il parlait en dormant.

CRÉPÉE. Et tu as écouté ?

BOTTINE. Tout ce qu'il disait... Rondin, le portier de cette maison, où habite mademoiselle de Carotteville, est un des membres de la société des Larifla...

CRÉPÉE. G'and Dieu ! ceux qui ont un établissement à Saint-Acheul ?

BOTTINE. Justement... Rondin aspire à devenir général de l'ordre... mais, pour cela, il faut qu'il rende un service important... et il veut s'emparer de la fortune de mademoiselle de Carotteville.

CRÉPÉE. Est-il possible ?... et par quel moyen ?

BOTTINE. En l'épousant... et il espère arriver à son but en inspirant à mademoiselle Adrienne, dont il connaît le caractère fantasque et le penchant pour les excentricités, une sorte d'intérêt, de curiosité pour son humeur bizarre et ses habitudes mystérieuses... et de là à l'amour, il n'y a qu'un pas.

CRÉPÉE. Mais mademoiselle de Carotteville n'a-t-elle pas déjà une passion au cœur pour un certain Dufrison, le filleul de M. Beaubrun, son vieil ami ?...

BOTTINE. Oui, elle devait l'épouser... M. Beaubrun avait même à peu près conclu ce mariage par procuration, mais elle ne veut plus entendre parler de Dufrison ; elle ne veut même pas qu'on le lui présente... depuis qu'elle est tombée amoureuse folle...

CRÉPÉE. De qui donc ?

BOTTINE. Du prince Blagma... un Indien... qu'elle ne connaît pas... dont elle a entendu parler dans le *Constitutionnel*... qui est arrivé il y a quelques jours à Paris, à l'hôtel des *Américains*, où elle l'a aperçu dernièrement de loin, par hasard, sur son balcon, fumant un panatellas de son pays.

CRÉPÉE. Et elle veut s'unir avec cet Indien ?

BOTTINE. A toute force... et elle a envoyé le portier près du prince. Mais, hélas ! malheur à lui, car Rondin a juré qu'il serait l'époux de mademoiselle de Carotteville...

CRÉPÉE. Et tu crois qu'il oserait ?...

BOTTINE. Tout, pour l'emporter sur le prince Blagma... mais, faisons silence... taisons-nous, Crépée, voici notre adorable maîtresse... qui vient en badinant avec ses beaux cheveux.

SCENE II.

LES MÊMES, ADRIENNE.

(Elle a les cheveux rouges et de grandes an-
glaises qui lui tombent jusqu'à la ceinture.)

ADRIENNE.

Air des *Deux langages.*

Cette chevelure
Est de ma figure
La seule parure
Dont je tire orgueil ;
Mon nez qu'on admire
Est fait pour séduire,
Je puis aussi dire
Du bien de mon œil.
Mais lorsque je regarde
Ce blond qui se hasarde,
Non, je ne prends plus garde
A mes autres appas.
J'espère, hélas !
Qu'ils ne changeront pas ;
En tous cas
Avec du soin
Ils iront encor loin.
Non, non, non, non (*bis*).
Pour moi jamais de Ninon.
Non, non, non,
Pas plus
Que de Titus !
Au surplus,
Flottez au gré de vos vœux.
Tire-bouchons soyeux,
Car vous charmez les yeux,
En tous lieux !

(A part, avec joie.) Le prince Blagma aime cette nuance-là... Rondin m'en a donné sa parole la plus sacrée. *(Voyant Bottine et Crépée.)* Ah ! vous voilà, enfants... qu'elles sont belles ! j'aime le beau.. *(Inspirée.)* C'est si beau, le beau !

BOTTINE. Chère maîtresse, comment vous trouvous de votre bain de Kold-Cream ?

ADRIENNE. Très bien... ça rafraîchit la peau... ça donne du zing... et pourtant, je ne sais, j'ai du vague au cœur... je suis toute chose... Bottine, tu préviendras le docteur Badelainier. *(Tombant dans une profonde rêverie.)* Il est là, toujours là, devant mon œil... Qu'il est adorable !.. avec sa figure couleur marron d'Inde et son panatellas *idem* !... ah ! pourquoi n'a-t-il pas encore accepté mes propositions ?

BOTTINE, *à Crépée.* Elle rêvasse encore.

CRÉPÉE. Maîtresse, voulez-vous que nous peignions vos beaux cheveux ?

ADRIENNE, *soupirant.* Non, Crépée.

BOTTINE. Que nous vous dansions la tulipe orageuse ?

ADRIENNE. Oui, Bottine, c'est cela... tourbillonne, exécute des pas de châles !... fais des guirlandes... *(Vivement.)* Non, ne tourbillonne pas... j'ai tort d'avoir des idées aussi indiennes... *(Se levant.)* Non, pas de pas de châles, pas de guirlandes... *(Avec douceur.)* J'ai mes vapeurs, mes enfants, des vapeurs occasionnées par la faiblesse de ma constitution. Je suis en proie à un ennui constitutionnel, c'est la maladie du siècle ; en vain je me débats, cette souffrance nationale deviendra quotidienne, si je ne me presse de la guérir... c'est une sue entérite que la faculté appelle feuilletonide aiguë... Si je fumais... donne-moi un de mes narguillés.

BOTTINE. Lequel ?

ADRIENNE. Tomate... non, Fantaisie.

BOTTINE, *tout à coup.* Ah ! moi qui oubliais...

ADRIENNE. Quoi donc ?

BOTTINE. Une lettre pour Mademoiselle.

(Elle la lui présente le genou en terre, et sur une assiette de terre de pipe.)

ADRIENNE, *prenant la lettre et la décachetant.* De la princesse, ma tante... *(Lisant.)* « Ma chère « nièce, on jabote sur vous dans la haute ; on dit « que vous n'avez voulu vivre seule et disposer « de votre immense fortune que pour mener une « existence un peu dégingandée. J'ai peur qu'il « n'y ait de ça... et je vous avertis que la pre- « mière fois que vous écarterez des convenances, « je solliciterai votre admission à l'établissement « des Madelonnettes. Signé : LA PRINCESSE DE « SAINT-GÉSIER. » *(Déchirant la lettre avec fureur.)* Vieille tapisserie !... vieux meuble !... si je ne lui devais le respect... *(Marchant de long en large.)* Ah ! les nerfs ! les nerfs !... je vais me trouver mal... Bottine ! Crépée ! quelque chose !..

BOTTINE. Votre flacon de sels ?

ADRIENNE, *s'évanouissant à moitié.* Non, faismoi un grog. *(Se relevant avec vigueur.)* Non, pas de grog, je vais sortir, je vais laver la tête à la princesse... fais avancer un milord.

~~~~~~

SCENE III.

LES MÊMES, BEAUBRUN.

BEAUBRUN, *entrant par le fond.* Eh ! bonjour donc, toute ravissante !...

ADRIENNE. Le comte de Beaubrun, mon vieux ami ! *(A Bottine et Crépée.)* Allez, enfants. *(Bottine et Crépée sortent.)* Qui vous amène, cher bon ?...

BEAUBRUN. Eh ! eh ! ne le devinez-vous pas ? je viens encore vous parler de Dufrison.

ADRIENNE. Toujours Dufrison !

BEAUBRUN. Que vous n'avez jamais vu, que vous refusez constamment de recevoir... Songez donc que le père de ce pauvre Dufrison était l'ami de ce cher Carotteville, votre père, et que ce mariage était convenu entre cette paire de pères.

ADRIENNE, *avec explosion.* Mais j'aime, cher comte. j'aime...

BEAUBRUN. Qui?

ADRIENNE. Le vent qui souffle à travers la montagne.

BEAUBRUN, *à part.* Elle est toquée. (*Haut.*) Alors faisons un voyage... Allons à Montmartre...

ADRIENNE, *vivement.* Mais!.. le vent qui souffle à travers la montagne.. c'est le nom de baptême.. c'est le petit nom du prince Blagma...

BEAUBRUN. Cet Indien qui est descendu dernièrement, en ligne directe, à l'hôtel des Américains... cet héritier au 72ᵉ degré pour un 156ᵉ du sieur Dupont, mort sous Clovis!

ADRIENNE. Lui-même... mon petit cousin... du côté des... médailles!..

BEAUBRUN. Un homme inculte, un homme en friche!...

ADRIENNE. Je le cultiverai, je le défricherai.

BEAUBRUN. Malheureuse enfant!.. que de chagrins vous vous préparez!

ADRIENNE. Que voulez-vous, c'est plus fort que moi... Il est si beau avec son costume oriental, qui m'a... désorientée.... Ah! j'en ai la tête en feu!..

BEAUBRUN, *la regardant.* Je le vois bien... Mais Dufrison vous aime tant... Car il vous a vue dernièrement à l'avant-scène du théâtre des Funambules, où vous étiez avec Rouge et Noire, les deux filles du maréchal Culotte-de-Peau..... Ce cher Dufrison est capable d'en mourir!

ADRIENNE. Je préfère que ce soit lui que moi!

BEAUBRUN, *avec regret.* Allons , je vais briser chez lui toutes ses espérances... (*Lui baisant la main.*) Adieu ! ma belle aux cheveux d'or... (*Soupirant et sortant par le fond.*) Pauvre Dufrison!..

SCÈNE IV.

ADRIENNE, puis BOTTINE et CRÉPÉE.

ADRIENNE, *avec mépris.* Dufrison!.. (*Avec extase.*) Est-ce qu'il y a sur le globe d'autres mortels que mon Blagma!... Mais acceptera-t-il les propositions que je lui ai fait faire par Rondin, mon portier et mon ami?..

Air : Madame Favart.

A ce beau prince qui m'enchante,
Je compte offrir dès ce moment,
Dans mon hôtel, une soupente,
Je joins la table au logement.
Pour le fixer à jamais sur mes traces,
D'une coquette empruntant l'attirail,
Je veux multiplier mes grâces,
Pour lui composer un sérail,
En moi seule, il verra tant de grâces
Qu'il se croira dans un sérail.

(*Saisissant sur la toilette un journal qu'elle déplie.*) Encore ce journal !.. auquel je ne suis pas abonnée... et que je trouve ici chaque matin. ... Serait-ce une épreuve?.. (*Prenant un porte-voix place sur la toilette et appelant.*) Bottine!... Crépée!.. (*Montrant le journal à Bottine qui entre par le fond et à Crépée qui arrive par la droite.*) Ça... ça... qui a apporté ça, dont les articles incendiaires m'allument et l'esprit et le cœur?

BOTTINE, *troublée.* Pas moi!

CRÉPÉE, *de même.* Ni moi!

ADRIENNE. Quel mystère!.. (*Dépliant le journal et lisant.*) « Journal des demoiselles. Littérature : Les amours d'un portier et d'une demoiselle de bonne famille.... (*Avec joie.*) La suite du feuilleton... Ah! une ligne, tant pis, rien qu'une ligne... (*Lisant.*) « Il avait des petits « yeux de vipère injectés de sang... des pau- « pières flasques, et, malgré ses cinquante-quatre « ans, il n'avait jamais connu l'amour... (*Soupirant.*) Ah! quelle dévorante poésie!.. (*Lisant de nouveau.*) « Ses mains n'étaient pas de la pre- « mière blancheur!.. Son chapeau comptait plus « d'un printemps... sa redingote était en pleine « maturité... et son mouchoir à carreaux portait « de nobles cicatrices, sous ce costume macari- « rien ; il cachait une idée grande,.. mais stu- « pide!.. » (*Avec transport et poussant un cri de joie.*) Ah! encore deux lignes, trois lignes, quatre lignes, tant pis .. tout!..

(*Rondin qui a paru sur le pas de la porte du fond, tenant à la main un énorme radis noir qu'il croque, et qui a entendu les derniers mots d'Adrienne, pousse un petit rire sec qu'il cache aussitôt sous une apparence de douce humilité, dès qu'Adrienne s'est retournée et l'a aperçu.*)

RONDIN. Eh! eh! eh!

TOUTES, *effrayées, se retournant et poussant un cri.* Ah!

BOTTINE. Le portier!

CRÉPÉE. Rondin!

ADRIENNE, *à elle-même et rêveuse.* Lui!

SCÈNE V.

LES MÊMES, RONDIN.

(*Bottine et Crépée se tiennent à l'écart et baissent les yeux avec effroi devant Rondin qui, à la dérobée, leur montre le poing d'un air menaçant, et qui s'avance vers Adrienne en prenant une allure bonhomme.*)

RONDIN. Pardon!.. ma belle demoiselle, de me présenter ainsi devant vous, avec mon modeste déjeuner...

ADRIENNE. Votre déjeuner!.. ce radis noir!

RONDIN. Voilà cinquante-quatre ans que je ne mange que ça.

ADRIENNE, *surprise.* Quoi!.. jamais de veau!..

RONDIN. Jamais!..

ADRIENNE, *avec compassion.* Et ça vous suffit!..

RONDIN, *humblement.* Ce radis me tient lieu de tout !

ADRIENNE, *avec exaltation.* Bizarre homme!.. Qu'il est beau de laideur !.. Oh! tu n'es pas un portier comme les autres portiers... qui sont généralement portés sur les liqueurs! Quand je passe devant ta loge, j'éprouve un certain plaisir à te dire : Cordon, s'il vous plaît !.. Parle, que viens-tu faire ici!.. Que veux-tu de moi?..

RONDIN. Trois sous pour la lettre de ce matin.

ADRIENNE, *avec noblesse.* En voilà deux... je t'en redevrai un, (*L'entraînant mystérieusement et bas.*) Et le vent?

RONDIN. Il a changé!

ADRIENNE, *avec désespoir.* Grand Dieu! Il n'habite plus l'hôtel des Américains!

RONDIN, *se souvenant.* Ah! le prince...

ADRIENNE. Accepte-t-il mes propositions écossaises?

RONDIN. Le vent ne m'en a pas soufflé un mot.

ADRIENNE, *poussant un cri terrible.* Ah!.. (*Puis elle se met à sangloter de toutes ses forces.*) J'en mourrai!.. Il m'allait, cet homme-là !..

RONDIN, *avec douceur.* Il y en a encore d'autres, ma chère demoiselle...

ADRIENNE, *désespérée.* Non!..

RONDIN, *avec douceur.* Si!..

(*Adrienne le regarde. Il se redresse et se campe sur la hanche.*)

CRÉPÉE, *bas et très vite à Adrienne.* Maîtresse, prenez garde!

ADRIENNE, *de même.* Rondin!

CRÉPÉE, *de même.* Je ne le crois pas franc du collier... Chut!..

ADRIENNE, *de même.* Ah! je l'éprouverai.

RONDIN, *haut à Adrienne.* Ma bonne demoiselle, oubliez ce prince fauve!

ADRIENNE, *hors d'elle.* Jamais!.. mon organisation poétique s'y refuse!.. Il me le faut!.. ou j'en ferai venir un du pays!

(*Elle sort à droite avec agitation.*)

~~~~~~

SCENE VI.

RONDIN, BOTTINE, CRÉPÉE.

RONDIN, *leur faisant signe d'approcher, d'un ton terrible.* Ici!.. ici!..

TOUTES DEUX, *accourant.* Maître!..

RONDIN, *à Bottine.* Elle a lu le journal?

BOTTINE, *sèchement.* Oui!..

RONDIN. L'article portier?

BOTTINE. Oui!..

RONDIN. Même lecture, demain...

BOTTINE, *avec détermination.* Mais...

RONDIN. Ou je dévoile ton secret... je dis que tu étais autrefois la Mousqueton du Prado... la

Mogador du Château-Rouge, dont tu as été extirpée... pour abus de valse à deux pas.

BOTTINE, *effrayée.* Taisez-vous!..

RONDIN, *continuant.* Et que tu avais pour con naissance.. pour mazurkiste de prédilection... un membre du club des Botanistes...

BOTTINE, *lui mettant la main sur la bouche.* Silence!

RONDIN, *se dégageant et continuant.* Des voleurs de légumes, un nommé Sans-Caleçon...

BOTTINE, *dominée.* Ah! j'obéirai!..

RONDIN. Bien!.. (*A Crépée.*) A toi...

CRÉPÉE, *avec dégoût et s'éloignant de lui.* Horreur!.. horreur!..

RONDIN, *tirant un cahier de sa poche.* Bobosso...

CRÉPÉE, *très effrayée.* Silence!..

RONDIN. Je montrerai ton manuscrit...

CRÉPÉE, *très effrayée.* Mon livre de cuisine!

RONDIN. A Archicol...

CRÉPÉE, *de même.* Mon frère de lait!

RONDIN. Qui saura que tu as un caprice pour lui.. et qui lira, ainsi qu'Adrienne, ta poésie fugitive intitulée : l'Anse du Panier. (*Lisant.*)

Lorsque pour la barraque, on se rend à la halle,
On s'oublie, et ma foi, sans crainte de scandale,
Comme l'on a l'esprit tout sens dessus dessous,
On fait payer un franc, ce qui coûte dix sous,
Qui faut-il accuser, qui faut-il que l'on gronde ?
C'est l'amour, l'amour qui fait le monde à la ronde.

CRÉPÉE. Grâce! grâce!

RONDIN, *fermant le livre et le mettant dans sa poche.* Qu'a-t-elle donc fait depuis ce matin ?

CRÉPÉE. Elle n'a fait que parler du vent.

RONDIN, *avec fureur.* Toujours cet élément!.. oh! le vent qui souffle à travers la montagne me rendra fou!.. (*A lui-même.*) Pourvu qu'elle ignore toujours que je n'ai jamais été voir le prince... que je ne lui ai pas offert la moindre des choses... (*Haut, à Bottine et à Crépée.*) Ne la quittez pas d'une seconde, d'une semelle, et ne vous laissez pas d'épier... Allez!

(*Bottine et Crépée sortent à droite et en tremblant.*)

~~~~~~

SCENE VII.

RONDIN, *seul.* Ça va bien!.. ça mord... ça mordillonne... Relisons encore cette lettre de Brelock, le dompteur de boule-dogues, le marchand de chiens, l'un des nôtres... (*Il tire une lettre de sa poche et lit haut.*) 7. 8. 14. 17. 182. X. 0. 20 42. (*Parlé.*) Ce qui m'annonce qu'il me protégera... que j'ai un parti puissant, malgré les intrigues de mon ennemi... le caporal Malin-Pierrot!.. (*Marchant avec agitation.*) Oui... oui... je le serai.. je veux être pap... a... (*Il tire de sa poche une grande image qu'il déploie.*) Ainsi que toi, mon h... rès, mon Dieu!.. grand-père Gigogne... fondateur de l'ordre, cinquième du nom, salut à toi... Gigogne-Quint... Mais pour l'être... pap... a... il faut que je me marie, que j'épouse Adrienne de Carotteville !.. et ses 1,800 francs de rentes, avec lesquels je pourrai entreprendre et exécuter de grandes choses... comme toi, ô Gigogne, je serai capitaine dans ma compagnie et général de la société des Larifla... (*Fredonnant.*) Fla, fla!

Air : *Larifla.*

Maintenant aux abois,
Pauvres pères sournois,
Nous marchons pas à pas
En murmurant tout bas,
Larifla.

DEUXIÈME COUPLET.

Bientôt en tout pays,
Malgré nos ennemis,
Tout le monde en sera,
Et tout haut l'on dira
Larifla.

SCÈNE VIII.

RONDIN, BOTTINE.

BOTTINE, *accourant.* Père Rondin... père Rondin !.. le prince Blagma.

RONDIN, *stupéfait.* De quoi... Blagma?..

BOTTINE. Passait dans la rue en omnibus, quand il a aperçu ma belle maîtresse respirant le frais à son grand vasistas, et il s'est précipité dans l'hôtel.

RONDIN. Malédiction! et je n'étais pas dans ma loge !

BOTTINE. Elle ne veut pas le recevoir.

RONDIN, *joyeux.* Heureuse pudeur !..

BOTTINE. Avant de s'être parfumée et costumée à son intention, et elle vous charge de l'introduire.

RONDIN, *riant diaboliquement!* Je le mettrai dedans!

BOTTINE. Prenez garde, elle vous écoutera, placée derrière ce paravent... où elle arrivera par cette porte... Silence!.. je me sauve... oubliez mes avant-deux du Château-Rouge... (*Elle sort vivement par la gauche.*)

RONDIN. J'entends une porte qui s'ouvre... c'est le vent qui souffle...

SCÈNE IX.

RONDIN, BLAGMA, ADRIENNE, *cachée.*

ENSEMBLE.

Air d'*Othello de Rossini.*

BLAGMA, *entre par le fond.*
D'une lointaine rive,

En ce séjour j'arrive,
Et mon âme plaintive
Appelle sa houri.
Ma blonde jeune fille
A l'œil noir qui scintille
Sois l'étoile qui brille
Dans mon ciel obscurci.

ADRIENNE, *entrée par la porte de droite, et se blotissant derrière le paravent.* Quel organe voluptueux!

RONDIN, *qui a écouté derrière le paravent, à part.* Elle est là... je le sens...

BLAGMA, *apercevant Rondin et saluant à la française avec une exquise politesse.* Mademoiselle Adrienne de Carotteville, s'il vous plaît?

RONDIN, *très surpris.* Il sait le français!.. Et où l'avez-vous appris?

BLAGMA. En Espagne!.. (*Changeant de ton.*) La Carotteville, s'il vous plaît!

RONDIN. C'est moi... qui représente, pour le moment, cette jeune patricienne... Asseyez-vous donc, prince Blagma!..

BLAGMA. Surnommé... (*Fredonnant.*) Le Vent...

RONDIN, *l'arrêtant.* Je connais l'air... Prenez donc une chaise...

BLAGMA. Merci, veillard au cœur bon.

RONDIN, *haut.* Prince !.. (*A part.*) Du toupet !.. (*Haut.*) Vous rappelez-vous notre conversation de dimanche en quinze?

BLAGMA, *surpris d'abord, puis se remettant, et très froidement.* Oui, je m'en souviens!

RONDIN, *très étonné.* Ah bah !.. (*A part.*) Quelle mémoire ils ont dans l'Inde !... (*Haut.*) Je vous ai proposé...

BLAGMA, *ayant l'air de comprendre.* Certainement!

RONDIN. Et vous n'avez pas accepté...

BLAGMA, *ayant l'air de comprendre.* Je le devais...

RONDIN. La munificence de cette personne du sexe...

BLAGMA, *vivement.* C'en était une !... (*Avec douceur.*) Et dis-moi, veillard au cœur bon... cette femme, est-ce une almée... une bayadère, une vestale...

RONDIN. C'en serait une si depuis longtemps, en France, on ne négligeait pas cette institution.

ADRIENNE, *à part et toute confuse.* Le flatteur!

BLAGMA, *avec joie.* Je n'osais l'espérer !

RONDIN, *à part.* Elle écoute toujours... Allons, il le faut, encensons-la encore. (*Haut, avec enthousiasme.*) C'est une de ces femmes, prince, avec qui vous traverseriez facilement le désert... de la vie...

ADRIENNE, *à part.* Noble cœur! et je le soupçonnais!...

RONDIN, *continuant.* Enfin, c'est...

BLAGMA.

Air : *Postillon de Lonjumeau.*

Achève, je veux la connaître,
Réponds-moi, vieillard au cœur bon.

RONDIN, *à part.*

Dedans, essayons de le mettre.

BLAGMA.

Dis-moi son nom, son petit nom.

ADRIENNE, *à part.*

Tant pis si je suis indiscrète,
Mais je ne peux plus y tenir,
Je vais faire un coup de ma tête.

(*Elle veut pousser le paravent pour paraître à leurs yeux, mais sa tête crève le papier et passe à travers.*)

BLAGMA, *apercevant Adrienne, est saisi d'une violente émotion, recule en arrière et reste en contemplation.*

Les cieux viennent de s'entr'ouvrir,
Oh! oh! oh! ah! que c'est beau,
Vit-on jamais plus beau
Tableau.

ADRIENNE.

Oh! oh! oh! oh! ah! qu'il est beau
Mon petit prince hottentot,
Et puis qu'il a l'air comme il faut.

RONDIN.

Oh! oh! oh! nom d'un tonneau!
Tous mes projets tombent dans l'eau.

REPRISE, ENSEMBLE.

RONDIN, *feignant la surprise.* Ah! vous nous écouliez... c'est pas gentil.

ADRIENNE, *sortant sa tête du paravent et donnant sa main à Rodin.* J'avais douté de toi, âme limpide ; me pardonneras-tu?

RONDIN, *lui baisant la main.* Ah! ma bonne demoiselle!...

ADRIENNE, *à Rondin.* Ne parle pas.

RONDIN, *à part.* S'ils se parlent, ils s'aimeront... s'ils s'aiment, ils s'épouseront... s'ils s'épousent, ils... me feront du tort...

ADRIENNE, *en contemplation devant Blagma.* Le voilà donc, cet homme que j'ai rêvé!... cet homme primitif... pur... innocent!...

RONDIN, *à part.* Oh! quelle idée!... (*Bas à Adrienne.*) Il a déjà fait la noce...

ADRIENNE, *tremblante.* Grand Dieu!.. où ça?

RONDIN, *même jeu.* A Seringapatam.

ADRIENNE, *à elle-même.* Ah! moi qui le croyais vertueux!...

RONDIN, *à lui-même.* Maintenant, courons trouver Bottine et Breloch... Tout n'est pas perdu... (*Riant.*) Eh! eh! eh!

(*Il sort furtivement par le fond en croquant avidement son radis noir.*)

SCÈNE X.

BLAGMA, ADRIENNE.

(*Depuis son apparition, Blagma est resté en admiration devant Adrienne.*)

ADRIENNE, *émue.* Non, c'est impossible... et je veux m'assurer par moi-même... (*Haut.*) Prince!

BLAGMA. Ne parlez pas, ne bougez pas, que j'admire ces pieds, ces mains, ces yeux, ce nez... ces beaux cheveux... flamboyants.

ADRIENNE. Dont je suis fière.

Air : *Il faut avoir perdu l'esprit.*

De la fillette la pudeur,
De cette couleur se décore,
Quand il a bu, qu'il boit encore!
Le rouge embellit le buveur.
Rouge est le sang qu'a la patrie
Donne un soldat avec valeur
Le ruban qui l'en remercie
Est aussi de cette couleur.

Vous aussi, Prince, vous aimez ma nuance?

BLAGMA, *transporté.* Non, je ne l'aime pas... je l'adore.

ADRIENNE, *enthousiasmée.* Ah! Marivaux... Dorat... Boufflers... Indien que tu es!

~~~~~~

SCÈNE XI.

LES MÊMES, BOTTINE.

BOTTINE, *entrant par le fond, à part.* Exécutons les ordres de Rondin. (*Haut, et se plaçant vivement entre Adrienne et Blagma.*) Mademoiselle a appelé?

ADRIENNE. Non, Bottine.

BLAGMA, *avec noblesse.* Non, Brodequine.

BOTTINE, *se retournant vers Blagma, feignant la surprise et poussant un cri.* Que vois-je!...

ADRIENNE, *étonnée.* Quoi donc?

BOTTINE. C'est lui... Blagma, mon Indien, mon prince charmant...

BLAGMA, *surpris.* Vous dites, Brodequine? (*A part.*) Qu'est-ce qu'elle chante, celle-là?

ADRIENNE, *stupéfaite.* Qu'entends-je?

BOTTINE. Mademoiselle m'a surnommée Bottine, mais je me nomme Rose-Pompon.

BLAGMA. Rose-Pompon?... je ne connais pas.

BOTTINE. Qui te bordait des mocassins à Seringapatam.

BLAGMA, *étonné.* A Seringa....

BOTTINE, *affirmant.* Patam!...

ADRIENNE, *désolée et à part.* Rondin a dit vrai... il a été léger. (*Avec reproche.*) Ah! Blagma!...

BLAGMA. J'ai cultivé quelques roses, mais sans pompons.

ADRIENNE. Vous avez anéanti mes illusions.

BLAGMA. Oh! je vous jure...

ADRIENNE, *dédaigneusement.* Ne jurez pas... c'est charretier... Sortez, Blagma, sortez!..

(*On entend des aboiements. — Musique à l'orchestre.*)

ADRIENNE. D'où vient ce concerto?

BLAGMA, *avec passion.* Adrienne, écoutez-moi, je vous prouverai que je n'ai jamais fréquenté personne.

ADRIENNE, *à la fenêtre.* Que vois-je! les chiens de Brelock, notre voisin... qu'il dresse pour accompagner le cerf à l'Hippodrome... Ils sont tous dans la cour.

BOTTINE, *à part.* Encore un tour de Rondin. Quand le prince sortira, ces animaux lui sauteront dessus, et il ne sera pas tenté de revenir.

ADRIENNE, *à part.* Ah! quelle idée dramatique. (*Haut, à Blagma.*) Et vous prétendez n'avoir jamais eu de liaison... vous dites que vous m'aimez... pour moi vous braveriez donc...

BLAGMA, *avec âme.* Tout!.. excepté la mort, car je ne vous verrais plus.

ADRIENNE. Regardez donc ce bouquet de violettes... qui m'est cher... eh bien!.. la cour est pleine de chiens les plus dangereux... (*Elle jette son bouquet par la croisée.*) Allez me le chercher.

BLAGMA, *un peu interdit.* Mais, Madame, ce sont des dogues...

ADRIENNE. Vous n'en aurez que plus de gloire. OEil pour œil!... dent pour dent. Dieu vous garde, Prince!..

BLAGMA, *à lui-même.* En avant!

(*Il se précipite par la fenêtre. On entend un redoublement d'aboiements. Bottine se laisse glisser sur un siège.*)

ADRIENNE, *regardant en dehors avec intérêt.* Il lutte... il se débat... Grand Dieu!.. en voici un qui le prend en traître. (*Criant.*) Retournez-vous. (*Avec joie.*) Il était temps!..

~~~~~~

SCÈNE XII.
LES MÊMES, CRÉPÉE.

CRÉPÉE, *accourant par le fond.* Maîtresse, chère maîtresse... je viens de donner l'ordre de chasser tous ces méchants animaux.

ADRIENNE. Ne me parle pas, laisse-moi admirer cette scène sublime.

BOTTINE, *à elle-même.* Quel courage!.. et j'ai fait des cancans sur son compte... Infâme que je suis!

ADRIENNE, *poussant un cri de joie.* Le voici!..

BLAGMA, *remontant par la fenêtre avec ses vêtements en lambeaux, à lui-même.* Je l'ai échappé belle, nom d'un ananas!.. (*Haut.*) Voici votre bouquet, belle dame.

ADRIENNE, *avec amour.* Ah! mon prince... mon Hercule!.. (*Avec enthousiasme.*) Blagma est un grand chef.

BLAGMA, *lui rendant son bouquet.* Ne le jetez plus... ça m'obligera...

ADRIENNE. Seriez-vous blessé? (*A Crépée.*) Ah! pansons-le!..

BLAGMA, *vivement.* N'y pensez pas! j'ai mes raisons....

SCÈNE XIII.
LES MÊMES, RONDIN.

RONDIN, *entrant par le fond; apercevant Blagma et stupéfait.*) Encore ici... fatalité!

BLAGMA, *voyant Rondin.* Le vieillard au cœur bon.

BOTTINE, *apercevant Rondin.* Dites plutôt au cœur de tigre.

TOUS. Lui!..

RONDIN, *jouant la surprise.* Moi! (*Bas, avec fureur, a Bottine.*) Quand elles parlent trop, les filles vivent peu.

BOTTINE. Je m'en moque, tant pis, je brise les vitres... Oui... lui... dont j'étais l'esclave, la moucharde, parce qu'il connaissait de moi quelques farces inédites... lui, qui veut vous épouser pour devenir président de la société des Larilla... qui voulait vous dégoûter du prince, en vous faisant douter de son innocence.

BLAGMA, *indigné.* Ah!..

BOTTINE. Mais la vérité, c'est que je n'ai jamais été à Seringapatam, et qu'avec Blagma, je n'ai jamais devisé.

RONDIN, *menaçant, à Bottine.* Te tairas-tu?

ADRIENNE. Les bras m'en tombent.

BOTTINE. C'est lui qui m'a forcée de dire.

RONDIN, *la pinçant.* Tais-toi donc!

BOTTINE, *criant.* Aïe!

CRÉPÉE, *qui, par degré, s'est animée.* Mais je ne me tairai pas, moi!

RONDIN, *à part, furieux.* Ça se gagne.

BLAGMA ET ADRIENNE. Elle aussi!..

CRÉPÉE, *à Rondin.* Fais ce que tu voudras... ça m'est égal... (*Avec effort.*) Ma belle maîtresse, je ne suis pas de la famille de Mayeux...

TOUS. Comment?

CRÉPÉE. Je ne suis pas bossue!

ADRIENNE. Mais ceci!

CRÉPÉE, *honteuse.* C'est du coton...

BLAGMA, *d'un air convaincu.* C'est une bausse fosse...

TOUS, *essayant de prononcer.* Fosse bausse.

CRÉPÉE. Une fausse bosse... Voulant entrer parmi vos femmes, connaissant votre penchant pour les bossus, j'ai employé ce subterfuge... (*Montrant Rondin.*) qu'il a découvert un jour qu'il voulait me prendre mon livre de cuisine, où l'anse du panier se livrait à une polka trop prohibée peut-être, et il me forçait ainsi à écouter le moindre de vos soupirs.

ADRIENNE. L'horreur d'homme!..

RONDIN, *donnant un cahier à Adrienne.* Voici sa comptabilité...

ADRIENNE, *le parcourant.* Un panais, quinze sous... C'est une carotte!

CRÉPÉE, *avec désespoir.* Adieu, Mademoiselle... adieu pour toujours.

ADRIENNE. Non, reste, fille intéressante, tu as

en le courage de démasquer cet homme, qui me semble manquer de franchise et qui mérite une punition...

BLAGMA. Que je vais lui appliquer.

RONDIN, *effrayé et voulant s'éloigner.* Ma belle demoiselle... Prince, j'ai bien l'honneur...

BOTTINE ET CRÉPÉE, *barrant la porte du fond.* On ne passe pas...

BLAGMA. Ah! tu voulais épouser Adrienne, je vais te faire subir une opération terrible.

RONDIN, *très effrayé.* Grands dieux !.. *(A lui-même.)* Qu'est-ce qu'il va me faire ?

BLAGMA, *retroussant ses manches jusqu'au-dessus des coudes.* Rassemble tout ton courage...

RONDIN, *à lui-même, regardant les bras de Blagma.* Que vois-je !.. Est-il possible !.. ces caractères tracés sur son bras... Il en est...

BLAGMA. Es-tu prêt, pour ce châtiment indien ?

RONDIN. Oui, oui... *(A lui-même.* Je ne veux pas descendre la garde et je ne te descendrai pas... tout peut encore se réparer.

BLAGMA, *après avoir pris son poignard et essayé de s'en servir, lui donne un coup de pied au derrière.* Tiens !..

RONDIN, *qui a tiré un calepin et un crayon, écrit vivement.* Déjouer les projets d'un polisson...

BLAGMA, *même jeu.* Vlan !...

RONDIN, *même jeu.* L'envoyer dire à Rome...

ADRIENNE, *admirant Rondin.* Quel courage !

BLAGMA, *lui donnant un dernier coup de pied.* Tiens! traître.

RONDIN, *même jeu.* Se procurer quatre hommes et un caporal...

BLAGMA. Eh bien ! qu'en dis-tu ?

RONDIN, *près de succomber à la douleur, mais rassemblant toutes ses forces, et d'un air de supériorité.* Je connaissais cette souffrance... *(D'un air narquois.)* Au revoir, prince sanguinaire... A bientôt, la belle blonde.

ADRIENNE, *avec effroi.* Bottine! Crépée!

RONDIN. Arrière! *(Il sort.)*

ADRIENNE. Assurez-vous bien s'il est sorti, et fermez les portes à double tour.

BOTTINE ET CRÉPÉE. Oui, maîtresse.

(Elles sortent par le fond.)

SCÈNE XIV.
BLAGMA, ADRIENNE.

BLAGMA, *la décorant des yeux.* Nous sommes donc seuls, Européenne...

ADRIENNE, *effarouchée.* Ah! il a l'œil américain... Je suis perdue. *(Tout-à-coup, et comme quelqu'un qui a une idée subite, elle lui montre un portrait pendu au mur.* Prince!.. mon bi-saïeul !...

BLAGMA, *tirant un médaillon et le lui montrant.* Adrienne!... ma trisaïeule !...

ADRIENNE, *rassurée.* Je suis tranquille, mainte-

nant ; nous pouvons causer sans craindre de nous oublier; du haut de leurs cadres, nos aïeux nous contemplent.

ADRIENNE
Air de Val de la Vierge.
Avec ces deux portraits, vérit'ble assurance,
De la pudeur,
Nous pouvons soupirer sous nulle defiance
N'ayons pas peur.
Laissons parler nos cœurs dans cette compagnie,
O mon Blagma !
Puisque nous avons là, comme une garantie
Mon grand papa !

DEUXIÈME COUPLET.

BLAGMA.
Donne-moi cette main, cette main si jolie.

ADRIENNE.
C'est trop d'amour,
Nos aïeux vont nous voir.

BLAGMA.
Après tout, chère amie,
Chacun son tour,
Cédons à nos transports, c'est la seule manière,
Crois-en Blagma,
De devenir un jour, tout comme eux, toi grand'mère,
Moi, grand-papa.

BLAGMA. Je t'aime.

ADRIENNE. Moi aussi.

BLAGMA. Tu seras à moi.

ADRIENNE, *avec effort et baissant les yeux.* Avec le plus grand plaisir.

BLAGMA, *au comble de la joie.* Ça y est... ah !.. *(Il fait deux ou trois bonds et casse d'un coup de poing une porcelaine.)*

ADRIENNE, *avec chagrin.* Ah! il a cassé mon petit bol où je prends mon café à la crème.

BLAGMA. Nous sommes unis.

ADRIENNE. Comment?

BLAGMA. C'est la cérémonie du mariage, c'est une habitude du pays.

ADRIENNE. Cette habitude est grande et belle ; elle multiplie les objets...

BLAGMA. Elle est indienne. Je te montrerai toutes les habitudes indiennes ; je t'appellerai la carotte fragile... Tu iras avec moi à la chasse aux serpents... tu porteras mon carquois... tu accommoderas mon gibier... et tu nettoieras mon calumet.

ADRIENNE, *hors d'elle.* Mais c'est un océan de bonheur dans lequel tu veux me plonger. Tu m'aimes donc bien ?

BLAGMA. Si je t'aime !.. en veux-tu des preuves... en veux-tu?

ADRIENNE. Eh bien, oui, j'en veux... Donne-m'en ?..

BLAGMA. Écoute donc : J'ai été jaloux de toi... de toi que je n'ai jamais vue...Hier, j'étais à Mabille, et j'entrevis une femme qui ne te ressemblait pas du tout... j'ai cru que c'était toi... Ah ! je sai-

bien que j'ai eu tort... Cette femme dansait avec un habit-veste... Je m'élançai, et j'administrai à ta sosie une danse... moins autorisée que la sienne...

ADRIENNE, *heureuse*. Croyant que c'était moi ?..

BLAGMA. Croyant que c'était toi...

ADRIENNE. Merci... merci... Mais quelle est donc cette femme qui s'est approprié cette volée qui m'appartenait ?

BLAGMA. Jalouse !.. Mais je ne la connais pas... et la preuve, c'est qu'elle a porté plainte !

ADRIENNE. Mais, malheureux, tu vas être traduit...

BLAGMA. En quelle langue ?

ADRIENNE. En correctionnelle... Toi, mon beau prince, mon Blagma... traîné sur ce banc... Ah ! c'est impossible... Tu as des ennemis... j'ai des ennemis... nous avons des ennemis... On s'est dit : Faisons faire un coup de tête à Blagma, et il sera empoigné... et Adrienne n'aura pas la force... d'y voir traîner son amant... à la Force !...

BLAGMA. Ni moi non plus... Tiens, ce flacon, c'est une décoction de fleurs du mancenillier....

ADRIENNE. Ça ne badine pas !

BLAGMA. Tant pis, j'en bois...

ADRIENNE. Malheureux ! malheureux ! tu vas te brûler l'intérieur !... Eh bien, je veux faire comme toi.

BLAGMA. Non !

ADRIENNE. Si !.. (*Elle avale le contenu de la fiole qu'elle lui a arrachée.*) J'en ai bu autant que toi, na !... (*Après un grand silence.*) C'est drôle ! on dirait du kirsch.

BLAGMA. Sens-tu, comme moi, un tremblement nerveux... C'est chaud, n'est-ce pas?...

ADRIENNE. Oh ! oui, ça brûle...

ENSEMBLE.

Air de M. Doche.

Je suis en extase,
Vois-tu cette gaze,
Char mystérieux,
Qui nous porte aux cieux.
O bonheur des anges !
Quels concerts étranges,
Entends-tu ces cris ?
Ce sont les houris,
Ah ! ah ! ah ! ah !
Quel concert vaut celui-là
On n'a jamais chanté comme ça :

BLAGMA.

Sur un cheval sans bride,
Avec toi, ma sylphide,
Je crois caracoler.
La légende qu'on cite
Dit que les morts vont vite
Il faut nous envoler.

ADRIENNE.

Au galop, parcourons la sphère,
Sur la croupe de ton coursier

Tiens-moi bien, mon beau cavalier,
N'allons pas nous danquer par terre.

REPRISE.

SCENE XV.

LES MÊMES, RONDIN, BOTTINE, CRÉPÉE, BEAUBRUN.

RONDIN, *à la cantonade.* Restez là, ne bougez pas, la maison est cernée, et quatre hommes et un caporal vont empoigner le sieur Blagma.

BLAGMA. Moi...

ADRIENNE. Lui...

RONDIN. Oui... toi... Apprenez que c'est un membre du club des Botanistes.

TOUS. Le club des Botanistes.

BLAGMA. Jockey-club... oui... oui... mais pas

RONDIN, *avec force.* Si... Botanist-club... C'est un de ces voleurs de légumes qui se répandent la nuit dans les campagnes.

ADRIENNE, *avec horreur.* Lui, Blagma !

RONDIN. Et ils s'intitulent botanistes, parce que lorsqu'on les pince flagranté (*Cherchant le mot...*) artichaut, ils prétendent qu'ils cherchent des simples...

BEAUBRUN, *avec reproche et douceur.* Ah ! Blagma !.. ah ! Blagma...

BLAGMA, *criant.* Mais la preuve...

RONDIN. La preuve, c'est leur signe de ralliement qu'ils portent sur le bras droit... tracé en caractères particuliers... Voyez plutôt... (*Rondin lui prend le bras droit, relève sa manche jusqu'au coude et désignant une inscription aux assistants, s'écrie :*) Botanique !

ADRIENNE et BEAUBRUN, *lisent avec horreur :* Botanique !

BLAGMA, *avec noblesse.* Cette réclame m'a été lithographiée par surprise. La semaine dernière, sommeillant dans le bocage... je sentis une forte démangeaison et je reconnus dans un homme qui fuyait, un membre des botanistes-club dont j'avais repoussé les propositions, et qui voulait m'y incorporer malgré moi... et je le fis entrer malgré lui dans la société des flossés-club... Je ne suis pas botaniste, je ne suis pas Blagma, je dépose cette couronne de prince que je n'avais usurpée que pour plaire à Adrienne dont je connaissais l'indianomanie. (*Avec sensibilité.*) Heureux si, dans mon règne si court, j'ai pu faire un peu de bien.

BEAUBRUN, *criant.* Dufrison, Dufrison, c'est toi !..

ADRIENNE. Mon futur !...

BEAUBRUN. Adrienne, je vais encore vous parler de Dufrison.

ADRIENNE, *à Dufrison, lui donnant la main.* Dufrison, je renonce aux princes indiens, Rondin... je vous mets à la porte.

RONDIN, *à part, tirant son portefeuille.* Oh!
tout n'est pas perdu... (*Écrivant très vite* 1, 2, 3.)
Écrire au roi de Prusse, 4, 5, 6, à l'empereur
d'Autriche, 7, 8, 9, à Alexandre Dumas, 0, à
Lamiral... de la Seine.

CHOEUR.

Air : Ah! que les plaisirs sont doux.

Chacun, quand tout est fini,
Croit avoir rempli
Plus ou moins sa tâche.
Ici
Si
Quelqu'un se fâche
Il doit sagement
S'en prendre au roman.

RONDIN.

Air de M. Artus.

Aux volum's du *Juif Errant*,
Je te dis sans feinte,
Moi, je préfer' la complainte,
C'est moins endormant.
Pour faire ainsi, je l' maintiens
Subir sa lecture,
C' juif, avait un' dent, je l' jure
Contre les chrétiens.
Pour c' roman interminable,
Qui d' sa longeur vous accable
Crac,
Dont l' total,
L' principal,
Était d' produir' du métal:
Un journal,
Fort banal,
Fit trop d' bacchanal.

BLAGMA.

L' Juif Errant, vient de r'venir

Mais il m'v vite.
L' besoin d'un Israélite,
S' faisait peu sentir.
L'ancien Juif de l'Ambigu
Sur l' nouveau qu'on cite
Avait au moins le mérite
D'être plus exigu.
Pour ce drame inexpliquable,
Et qui ne vaut pas le diable,
Crac,
C'est égal,
L' principal,
Est de produir' du métal ;
Mais c'est mal,
Au total,
D' fair' tant d' bacchanal.

ADRIENNE.

Sur c' roman qui n' finit pas
C' drame qui n' finit guère,
A qui nous faisons la guerre,
Nous donnerez-vous l' pas
Nous n'avons sur tous les deux,
A vous, j'en appelle,
Qu'une seul' prétention, c'est celle
D'être moins ennuyeux,
Pour notr' pièce qui, sur mon âme,
Ne vaut, ni l' roman, ni l' drame,
Crac,
C'est égal,
L' principal
Est qu'ell' produis' du métal :
Dans c' local,
Bien ou mal,
V'nez fair' bacchanal.

(*Sur la ritourn. lle de chaque couplet, ils dansent,
d'une manière tout à la fois poétique et chi-
candarde.*)

FIN.

IMPRIMERIE HYDRAULIQUE DE GIROUX ET VIALAT, A LAGNY.

EN VENTE CHEZ LE MÊME ÉDITEUR :

PASSY. — Imprimerie de GIROUX et VIALAT.

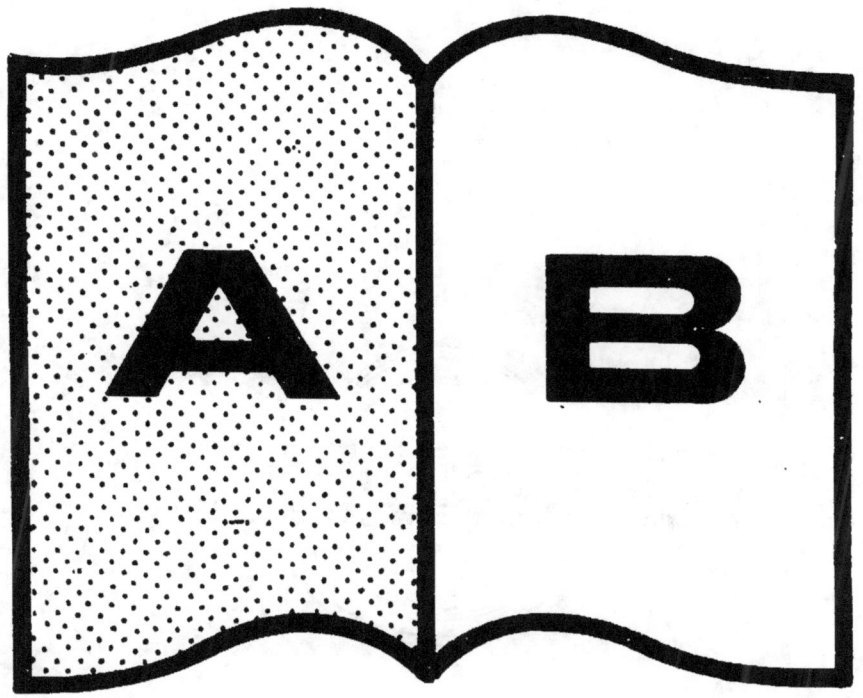

Contraste insuffisant

NF Z 43-120-14

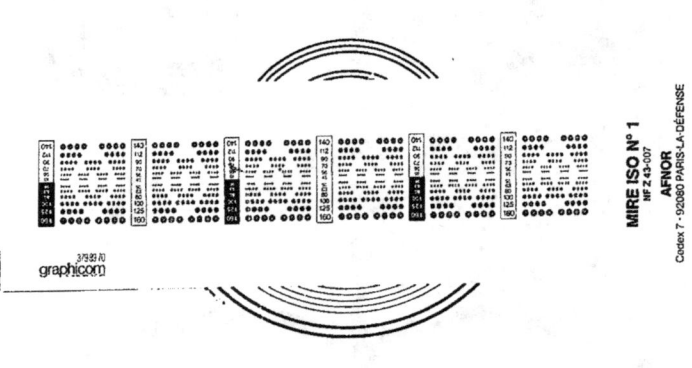

MIRE ISO N° 1

NF Z 43-007

AFNOR

Codex 7 - 92080 PARIS-LA-DÉFENSE

graphicom

0   1   2   3   4   5   6   8   9   10

www.ingramcontent.com/pod-product-compliance
Lightning Source LLC
Chambersburg PA
CBHW061421170626
46811CB00005B/2067